KB073433

내 나이
육십즈음에

내 나이 육십 즈음에

초판 1쇄 인쇄일 2021년 11월 3일
초판 1쇄 발행일 2021년 11월 12일

지은이 이계윤
발행처 (재)당진문화재단
주 소 충남 당진시 무수동2길 25-21
전 화 041.350.2932
팩 스 041.354.6605
홈페이지 www.dangjinart.kr

펴낸이 양옥매
디자인 표지혜 송다희
교 정 조준경

펴낸곳 도서출판 책과나무
출판등록 제2012-000376
주소 서울특별시 마포구 방울내로 79 이노빌딩 302호
대표전화 02.372.1537 팩스 02.372.1538
이메일 booknamu2007@naver.com
홈페이지 www.booknamu.com
ISBN 979-11-6752-050-0 (03810)

2021 당진 이 시대의 문학인 선정작품집

내 나이
육십즈음에

이계윤
시집

당진문화재단

시인의 말

살랑거리는 바람이 좋아 길을 나섰습니다.
어느새 이만큼 다가와 있는 가을을 느끼며 사각사각 밝히는
솔잎 향을 맡아 봅니다.
진한 가을 향이 코끝을 간지럽힙니다.

어느 날 문득 책꽂이에 꽂혀 있는 나의 작은 이야기들을 끄집
어내 보았습니다.
하나하나 뒤적여 보면서 작은 부끄러움과 내가 언제 이런 감
정이 있었나 하는 설렘도 가져 봅니다.
볼 빨개지는 부끄러운 글들이지만 언젠가는 한 번쯤 모아 보
고 싶은 마음이 있었기에 부족하고 부잘 것 없지만 조심스럽
게 내놓아 보려 합니다.

빛바랜 한 편 한 편의 시를 정리하면서 서른 즈음에 머물고
싶었던 그때가 그리워지기도 했고 남편의 투병 속에 힘겹고
지친 내 모습도 찾아보게 됩니다.
또한, 힘들 때 나의 힘이 되어 주었던 주님의 따스함이 지금

까지도 감사의 제목이 되어 절 이만큼 세워 주셨습니다.

이제 육십이 훌쩍 넘은 이 나이에 아름다운 노후를 상상해 보려 합니다.
때론 지치지만 그 안에 기쁨도 있었고 눈물만 있는 줄 알았지만 웃을 수 있는 행복도 있었습니다.
이 모든 것을 모아 모아서 앞으로 펼쳐지는 남아 있는 내게 주어진 시간 속에 다시금 예쁘게 그려 보고 있습니다.

그 속에 고운 시도 있을 것이고 아직은 살 만한 세상이라는 귀한 느낌도 만들어 가면서 앞으로의 시간들을 베풀려고 합니다.
용기 내지 못했던 마음에 힘을 실어 주신 여러 선생님들께 감사드리며, 다시금 펜을 들어 아름다운 글을 쓸 수 있도록 격려해 주시고 힘주실 것을 부탁을 드리며 아름다운 세상, 살 만한 세상 속에 우리 모두 소망 있는 삶 속에 주인공이 되길 기도하면서 인사 마칩니다.
감사하고 사랑합니다.

2021년 11월

이계윤

차례

시인의 말 · 4

1부

내가 사는 이유

내 나이 육십 즈음에 · 12

나 혼자만의 사랑 · 13

잊으라고 · 14

가야 할 길이라면 · 16

밤을 기다리는 여자 · 17

아픔 · 18

내 나이 · 20

서른세 살로 머물고 싶은 여자 · 21

세월 1 · 22

세월 2 · 23

내 맘속 세계 · 24

갈림길 · 25

無 · 26

휴가 1 · 27

휴가 2 · 28

엄마의 자리 · 29

머물러야 할 곳 · 30

잃어버린 시간 · 31

내가 하고 싶은 것 · 32

우리가 살아가는 얘기들 · 34

바보 같은 인생 · 36

말할 수 있는 기쁨 · 37

내가 사는 이유 · 38

결혼사진을 보며 · 40

슬픔이 머무는 자리 · 41

길고 긴 날 · 42

뒤로한 인생 · 43

눈을 뜨면 · 44

회사를 떠나던 날 · 46

묵은해 · 48

밤 · 49

눈물은 같아요 · 50

기쁨이 가득한 들 · 52

2부

사랑하는 그대 마음에

간절한 그리움이 · 56

그 떠난 빈자리 · 57

나의 주님 · 58

빛바랜 편지 · 60

뮤즈에게 · 62

눈빛만으로 · 63

나의 시에게 바치는 연가 · 64

그냥 · 66

긴 기다림으로 · 67

위로하는 자 위로받을 자 · 68

안경 너머 그대 눈빛 · 69

주님은 내게 · 70

작은 사랑 큰 기쁨 · 72

당신의 그늘 · 73

빈 들에 마른풀같이 · 74

가족 사랑 · 75

내 마음의 고백 · 76

당신 · 78

그리움이 쌓이면 · 79

당신이 살아야 하는 이유 · 80

당신은 내게 · 82

하늘을 찾아 떠난다 · 83

나의 힘이 되신 주 · 84

어느 젊은이의 사랑 이야기 · 86

당신께 고백합니다 · 88

살아 계신 주 · 89

사랑하는 그대 마음에 · 90

내가 사랑하고 싶은 여자 · 91

고백 · 92

주님이 내게 가르쳐 주신 것은! · 94

감사의 조건 · 96

욥에게 주신 축복 · 98

3부

하나 더하기 하나는 하나

하나 더하기 하나는 하나 · 102

실과 바늘 · 103

작은아버님 · 104

옛사람 · 105

엄마 묘소 앞에서 · 106

어느 친구의 일기 · 107

술자리 · 108

우리는 · 109

그리움 1 · 110

그리움 2 · 112

그리운 사람들 · 113

사람 사람 사람들 · 114

부부 · 116

남편 그늘 · 117

혼자 사는 여자 · 118

어머님의 꿈속 이야기 · 120

가족 · 121

토끼가 새끼 낳는 법 · 122

사랑의 시작 · 123

숨결마저 고운 아이 · 124

그이가 입원할 때 · 125

중환자 보호자 대기실 · 126

그이를 퇴원시킬 때 · 128

끈끈한 정 · 129

엄니, 우리 엄니 · 130

대답 없는 여인 · 132

당신의 아픔 · 134

친구 1 · 136

친구 2 · 138

시어머니 · 139

손자 재롱잔치 · 140

우리 · 141

4부

틈 사이로 햇살이

안개꽃 · 144

밤이슬 · 145

새벽길 · 146

밤길 · 147

풍경 소리 · 148

행복한 순간 · 149

풍선껌 에어백 · 150

내 아이들 · 151

산동네 · 152

틈 사이로 햇살이 · 153

장터 · 154

아침 이슬 · 156

파도 · 157

등대 · 158

새벽 공기 · 159

가을 풍경화 1 · 160

가을 풍경화 2 · 161

24시간 · 162

농군의 아들 · 163

비 개인 오후엔 · 164

도비도를 만난 날 · 165

그들의 하루 · 166

우렁이 각시 · 167

하얀 천사 · 168

강천산 모랫길 · 169

산에 오르는 이유 · 170

봄은 내게도 온다 · 172

자유 · 173

들꽃 · 174

집짓기 밥 짓기 · 176

산에 오르기 · 177

강천산 가다 · 178

농심 · 180

1부

내가 사는
이유

내 나이 육십 즈음에

천천히 가려무나
어느 순간 멈춰 버리고 싶은 순간이 있었다

쉼 없이 가 버리는 시간들
그 속에 나는 숨 쉬고 있다

하나둘 늘어 가는 주름도 나이라는 숫자도
비껴 갈 수 없는 시간들

그래 가라—

흐르는 대로 멈추지 말고
이만큼씩 나를 성숙시켜 가며 가려무나

고운 발자욱 남겨 가면서
육십 고개를 넘어가련다

나 혼자만의 사랑

왜일까?

나 혼자만 외로움을 타는 걸까?

나 혼자만 슬퍼지는 걸까?

방울 되어 떨어지는 눈물이

잉크 자욱을 지저분하게 해 버려도

그래!

이건 내 것뿐이리라.

그도 이젠 아무것도 아닌!

그의 그림자 저기로 간다.

나 혼자서 서 있다.

외로움도 달래련다.

슬픔도 나 스스로 위로해야 한다.

고개 저으며 눈 감아 본다.

나 혼자 그랬다 이제 보니

나를 찾아야지

잃어버린 나를 찾아

긴 밤을 하얗게 밝힌다.

잊으라고

긴 사슴 목이
왜 저리도 길어졌는지

기다림의 여운일까?
이젠,
이젠 내 자리로 돌아오리라.
잊으리라고

생각도
꿈도 모두 부서지는 파도에
실려 보내고
나 이 자리에 서서
떠오르는 태양만 본다.

지난날의 나 없어지고

이젠

이젠

잊으리라고 다짐을….

가야 할 길이라면

어디가 아픈지
말로 할 수 없는
숨 가쁜 안타까움이었기에
나 이대로 어쩌지 못합니다.

어떠한 괴로움인지
보여지지 않았기에
그냥 이대로 저를 보내야 합니다.

저가 가는 길이 평안의 길이라면
가야지요.
가야겠지요.
너와 나 안타깝지만
보내야 했습니다.
가야 할 길이라기에 그렇게…
그렇게…

밤을 기다리는 여자

밤이 좋다
아무도 누구도 대하지 않고
홀로이 이 밤을 즐길 수 있기에.

밤을 사랑한다
혼자만의 생각을 나열해 가면서
한 자 두 자 적어 가는
마음 글자
밤을 유혹한다

외눈박이 사랑 싫어 밤 그대도
나를 안아 달라고
까만 밤을 오늘도
내 곁으로 슬그머니 다가온다
하얀 옷을 입은 밤은
내게 정녕 천사 같은 모습이다

아픔

생각해 보니
마음이 아팠나!
아니 풀잎 끝에 매달린 방울처럼
눈물이 나서일까?

아니,
온몸으로 스며드는 짜릿한 전율이
나를 아프게 한다
사정없이 밀려드는 그리움 때문일까?
아니면
그가 쏟아부어 깃든 뜨거운 눈빛
때문일까?

온몸을 불살라 이 아픔을 태우려마!

한줌 재가 되어 돌아오는…

가가 맑은 물에 뽀얗게 되어 날리는

그의 온기가 서서히 가셔지기까지…

이 아픔은 계속되리라

이 아픔은 끝이 없으리라.

내 나이

서른여덟 나이에
내 주위를 둘러보니
사랑
그리고 아픔이 자리 잡고
긴 여울에
슬픔이 길게 목을 드리우고
잠자고 있다

아!
지난 세월 속에
숨겨진 내 비명
아슴푸레 밀려오는 작은 그리움,
가슴이 시리도록
아파 오지만
참으로 긴 세월 참으로
이 자리에 서 있는가
그대는

서른세 살로 머물고 싶은 여자

어느새
한 해가 가고
또 한 해
긴 날들이었을 텐데…

화들짝 놀라 돌아보니
마흔 고개를 넘었다
도리질하며 내 몫이 아니라고
외면할라치면
왜 이리도 마음이 시리운지

더도 덜도 아닌
서른셋으로 머물고 싶은 날에
그냥 나를 세워 주웠으면
흰 머리칼이 나를 슬프게 한다
눈가 잔주름이 나를
멍들게 한다

세월 1

뭐이 그리 바쁘셔요
뭐이 그리 급하셔요
숨차게 그리 가시게…

쉬엄쉬엄
한숨 돌리며
그렇게 가셔요

한 걸음
한 걸음
그저 접고 접어
장롱에 차곡차곡 넣어 두셔요

훗날
꺼내서 다시 펴 볼 수 있게…

세월 2

기다란 자욱이
걸음걸음마다 배어 있습니다

살아온 숨결마다 기쁨과 아픔이 서려 있습니다
검은 머리가
은빛 머리칼로 바뀌어 갈 때
세월은 덧없이 물러갑니다

서럽다 하지 말고
그냥 그렇게
지나온 세월 속에
감추어 둔 사연들을 다독여 놓습니다

내 맘속 세계

어쩌면
일곱 빛깔 무지개가
그려지나요?

곱디고운 무지개가
다리를 놓고

한 걸음 한 걸음 디딜 때마다
가녀린 흔들림이 보이네요

맘 깊은 곳에
무지개다리 놓고
한 발 올려놓네요

갈림길

이 길인가!

아니야
아직도 내 길이 아닌 듯
서먹한 길

왜 날더러 그 길로 가라는가!

이 길로 감세!
아니야 저 길이 자네 길인 것을!

無

세월을 비껴가는 너!

세상을 외면하는 너!

왜니?

그냥!

좀먹은 세월이 미워서!
흥청거리는 세상이 싫어서!

그래!

그렇게 사는 것도 한 방법이겠다 싶어!

휴가 1

작은 울타리를 벗어나
세상에 튀어나왔더니
이리저리 눈길 바빠지고
나를 바쁘게 한다

비어 있다는 것

채울 수 있다는 것

휴가 2

쉼이 좋다

일상의 굴레에서 해방이다

갈망하던 초침이 나를 바쁘게 한다

엄마의 자리

늘
이 자리에서 널 보마
먼 듯 가까운 듯 그렇게 널 보마
비록 고단한 삶이었더라도
그 모습 그대로 사랑하며

간간히
기쁨의 삶이었던 그때
나눌 수 있는 기쁨의 근원이 되길
소원하며 바라 보마

너 가는 길 뒤에서
간절한 마음으로…

머물러야 할 곳

잠시 생각이 머문다

머뭇거리는 흔들림이 나를 슬프게 한다

지친 발걸음을 옮기워야 하는데…

어디 생각이 가는 대로

몸이 가는 대로 가 볼까나

이곳이 아닌 듯싶어 화들짝 놀라

뒤돌아보지만

이제는 이곳이 내 자리인 듯싶어

무거운 육신 내려놓는다

잃어버린 시간

하루가 간다

어떻게 보내졌는지 모를 시간들

분주하게 하루를 보냈다

짙은 어둠이 깔리고

그 어두움 속에 서 보면

하늘도 슬퍼 보인다

어디 가서

잃어버린 시간을 찾을까?

작은 공간 속에 나를 숨기고 싶다

내가 하고 싶은 것

어둡고 지친 세상이 사람들을 허덕이게 합니다
한 줌 사랑이 말라 버린 걸까요?
작은 틈 비집고 소망의 불씨를 만들고 싶습니다

그래서
정말 고운 모양으로 세상을 그리고 싶습니다
팔레트에 분홍 물감으로 따뜻한 방울 그리고,
빨간 불꽃이 타오르는 벽난로도 그리고 싶습니다

세상에 흩어져 있는 많은 말들이
조금도 섞이지 않은
예쁜 말들로 탑을 쌓고 싶습니다

때때로
전설처럼 내려오는 이야기 속의
아름다운 선녀도 되고 싶습니다

그런 다음… 다음에…

세상을 온통 사랑으로 엮어 놓겠습니다

우리가 살아가는 얘기들

인생이 무엇인지 생각하기보단
앞집 순자네 아들 장가들인다는
이야기가 더 가까이 귓불을 울린다

만나면 하는 얘기마다
살이 약간은 떨리는
우리들만의 이야기

살아가는 모양이
그도 그렇고
저도 저렇다

모여 사는 모양들이
때론 내숭을 떨기도 하고
때론 넘치는 웃음으로
박장대소하며 무릎을 치기도 한다

그렇게 사는 것이

우리의 모습이 아닐는지…

바보 같은 인생

그리움이란 말을
너무나 쉽게 해 버리고

아픔을 참지 못하고
용수철 튀듯 튀어 버리는
바보 같은 인생

내숭으로 숨어 버린 비릿한 비위 거슬림
그래
까짓것 참아 보자고,
별거 아닌 인생행로에
나를 걸어 본다.

아픔으로 가슴 시린 절절함이
내 안에 또 내 안에 있음을
외면하지 못한 채 또 하나의 숙제가 된다.

말할 수 있는 기쁨

작은 공간이지만
몸을 놀려 일할 수 있는
기쁨이 배어 나온다.

하루를 시작하고 마감되어지는 이 자리에
소망의 씨앗을 심는다.

때때로 지침도 있지만
가끔씩은 박장대소하며
함께 기억할 수 있는 자리

일할 수 있는 기쁨이
새록새록 묻어 나온다.

내가 사는 이유

존재의 이유를 묻는다면
막연하지만 삶의 끝을 보기 위해서랄까

천국에 소망을 두고 사는 바램이
저 끝에 있다

사랑하는 사람들과 더불어
기쁨을 나누고
슬픔을 나누고
때론 미로의 여행을 하면서
그렇게 사는 우리들…

우리의 살아가는 모습은
둥글게도 모나게도 보인다

각기 다른 모습을 다듬으며

살아가는 걸음걸음마다

사는 이유가 곱게 피어난다

결혼사진을 보며

내가 봐도 곱다
내가 봐도 이쁘다

고운 모습에 세월의 자욱들이
한 겹 두 겹 쌓여 갈 때

지금의 낡아진 모습으로
이렇게 닮아 있다

아니다, 그렇지만은 않다
세월의 연륜이 깊게 패여
진하게 익은 감처럼
맑은 홍조들 띠고 있는지도 모른다

주렁주렁 열매 맺는
뜰 안의 풍성함을
감사가 버무려진다

슬픔이 머무는 자리

아픈 기억으로
눈가에 이슬 머금으면
어느새
날개 잃은 천사가 된다.

꿈틀대는 진한 기억으로
꿈 나래를 펼쳐 보지만

마음은 그 자리에 머물고 만다.

짜릿한 전율이
가슴을 에이는 슬픔이
이 자리에 머문다.

길고 긴 날

삶의 처음과 끝
그 자락의 매듭은 수없건만
인간의 생사화복은
누가 만드는가

길고 긴 시간과 모습 속에서
내 영혼의 끝을 찾는다

마디마디의 곡선들이
한 아름의 역사를 일구어 내듯
우리의 흐름이 그침이 없이
토하고 또 토하여
날과 날을 맺는다

뒤로한 인생

이제는 머물다 버린 그 길이
저만치 날 밀어낸다

그 길이 내 길이 아니기에
돌아서 버리니 지금 이 자리

눈물이 범벅이 되어 쓸어 버린 세월들이
못내 아쉬움으로 남진 않을까?

털어 버린 아쉬움이 이제는
홀가분한 마음으로
세상을 바라보게 한다

이것이 인생인 것을 깨닫는다

눈을 뜨면

눈부신 햇살이
창틈을 간지럽힐 즈음

긴 기지개로 나를 깨운다
새벽 내 울어 대던
수탉의 긴 울음도 멀어질 즈음
꼬무락대는 내 모습은
아직도 따스한 아랫목에 웅크린다

스쳐 가는 하루의 모습들이
주마등처럼 퍼득일 때쯤

아침의 달콤한 공기와
어느새 입맞춤한다

눈을 뜨면 얻어지는 축복의 미소를

어김없이

오늘도 사랑한다

회사를 떠나던 날

긴 날들…
8년의 시간들을
절단시키고

이제는

내 몫을 찾아
이 자리를 떠난다

땀 흘리며 일했고
지치면서도
숨 가쁘면서도
웃을 수 있었던 정든 곳…

사랑하는 아우들, 동료들

나를 기쁘게 했던 모습들이

뒤로 머문다

이제는

뒤로한 저곳이

추억으로 남는다

묵은해

수많은 인파가
수많은 아픔이
다가오고 밀려가고

그렇게 묵은해의 기억은
묻혀져 간다

기쁨을 만들고
슬픔을 만들고
소망을 만든 모든 것이
이제는 꼬리를 감췄다

그렇게 가는 것인가 보다

밤

초침 소리가 커질 무렵

기울어 가는 시간들이 숨을 쉰다

하루를 내 몫으로 감춰 버린 오늘

까만 자루에 담아 본다

정리되어지는 고요함이

새날을 반기려 한다

이 밤이

소리 없이 타들어 가고

그을림으로 얼룩진 하루의

삶의 무게를

조심스레 내려놓는다

밤이 간다

밤이 또 간다

눈물은 같아요

그것이 기쁨인지,
그것이 슬픔인지 가릴 수가 없습니다.
눈물빛깔이 같았거든요…
수정처럼 그랬습니다.

기쁨일 때도 슬픔일 때도
그건 똑같은 동그라미였어요.
까만 동공을 튕겨져 나와
살갗을 타고 내릴 땐
그 흐름이 한길이었지요…

거짓이 없이
그 순수, 그 진실
다였습니다…

너무너무 행복하고

너무너무 슬퍼도

그만큼의 양대로 찾아옵니다…

기쁨이 가득한 들

우리가 숨 쉬는 작은 공간에
파득거리는 설레임이 있다

머물러지고
표출되어지는 기쁨 조각들이
영롱하게 수놓아지는 뜰

시간으로 얼룩진 잔재 속에
희미한 소망이 꿈틀대는 곳

우리는 오늘도 감사하며
하루를 시작하고
하루를 마무리하는 곳

이곳에

이 작은 뜰 안에

소망을 심는다

내일이 꿈꾸어지는 기대로

소중한 기쁨을 오늘도 낳는다

2부

사랑하는
그대 마음에

간절한 그리움이

아스라이 피어난 그리움 속에
목련처럼 흰 그 모습.
아!
이제 만나면 뭐라 할까?
이제 만나면 어떻게 할까?
이제 만나면 무엇을 할까?

아!
계절이 바뀌었으면 좋으련만.
이 봄
이 봄이 봄이 지날 때면
그 흰 모습도 가려는가!
보고파도 그리워도 애절한 사랑이
온 봄 다 드러내 여기저기…
아니
아니지! 도리질하며 저 먼 앞을 본다.

그 떠난 빈자리

이게 아니었는데 싶다
정녕
마음 허전하여 두 손으로 쓸어안고
그 자리에 긴 그림자로 눕는다.

아…
이 봄이 왜 이 자리에 머무는가!
도리질하며 몸 부르르 떨려 온다.
사랑하여 왔건만
정녕
그대는 눈빛으로 온몸을 쓰러뜨린다.

사랑이야.
그 떠난 자리는 이토록 넓건만
채울 수 있는 건 진한 그리움뿐.
빈자리는 그냥 이대로…

나의 주님

사랑하는 이여!
당신은 날 맘껏 사랑해 주셨건만
난 당신에게
드린 게 없어요.

당신은 모든 걸 아낌없이 내게 주셨건만
난 당신에게
마음을 온전히 바치지 못했지요.

당신은 나의 주인이시건만
난 당신을
진정으로
마음에 섬기지 못했답니다.

이 시간

두 무릎 조아려 머리 숙입니다.

더 열심히 당신을 사랑하리라

더 열심히 당신을 흠모하리라

사랑합니다.

나의 주님!

빛바랜 편지

어느 시간에
보내진 사연이었는지
초록빛 잉크가 뿌옇게 탈색되어 간다.

우리의 꿈과 사랑이
어우러져 담겨 있는
참말
오래된 함지박 속 사연들

들춰 보니
깊은 감명도 작은 아쉬움도 살며시 붉어지는
미소도 거기에 있다.

지난
순간순간이 배어 있어
얼굴에 묻어 본다.

얼룩얼룩해진 잉크 자국이 다
없어질 때까지 그 사연대로
사랑해야지.

뮤즈에게

붉은 노을에
작은 가슴 드러내어
심호흡 크게 하고
하늘을 본다.

하늘로 쏘아올린
눈 화살이
마음으로 꽂혀
활활
태우고 있다.

눈빛만으로

아릿한 마음으로 찾았지요
콩당거리는 가슴으로
이끌리는 마음으로 그 손의 따스함을…

피할 수 없는
피하고 싶지 않은 시간이었지요
정신적 사랑은
가장 소중하지요
사랑의 갈망은 숭고한 것
조금의 아쉬움과
잔잔한 안타까움을 남긴 채

아쉬운 안녕을 했지요
긴 만남을 위해
짧은 아픔은 소중한 거지요

나의 시에게 바치는 연가

세상 사람 모두가
담을 수 있는
넉넉한 표정으로
그대를 봅니다.

거친 물살에 부대끼어
닳아 반질거리는
작은 조약돌처럼
반짝이는 눈빛만으로
그대를 봅니다.

맑은 미소로
초라한 마음 감추고
고운 눈빛만으로…
그대를 봅니다.

애처로이
그대를 보내야 하기에
보석 같아지는 눈으로
그대를 봅니다.

그냥

두 팔 벌려

당신 목 끌어

내 숨 가쁜

그대에게

가장 가까운 곳에서

먼발치로만

바라볼 수밖에 없는

너는 허상인가!

내가 너의 전부

넌 나의 전부

그냥이 아닌

진실 그대로 사랑하리.

긴 기다림으로

어쩌지 못하고
어쩔 수 없이
긴 침묵과 동행하고

간간히
밀려드는 파도 섞인 그리움으로
화들짝 몸을 떤다

또 전화할게
물기 어린 한마디에
한 발자욱도
옮길 수 없었던

나 바보가 된다
긴 기다림이
모양새를 이렇게 만든다.

위로하는 자 위로받을 자

먼빛

하늘 보랏빛

내 마음 향한 손길이

쓰러져 가고

가누지 못하는 실오라기 같은

마음에

한 줄기 빛이 된다

무지개를 찾으려는 소년처럼

한없이 가엾은 당신은

나 아니면

멀어지려나

하얀 솜털구름 잡아

당신 가슴 태우고

진한 사랑으로 그대 눈빛 다시 보리다

안경 너머 그대 눈빛

마알간 이슬이
또르르 구르듯
당신의 안경 너머
눈빛에서
맑은 사랑빛 찾았네요

지그시 감은 듯
미소 짓듯
그리도 사랑을 쏟으시나요

강렬한 탓에
내 육신 타들어 가고
보듬어 또 보듬어
그대 향기 느낍니다

주님은 내게

주님을 내게 힘이셨습니다
연약하여질 때마다
강한 말씀으로 깨우치게 하셨고,
바로 서게 하셨습니다

주님은 내게 사랑이셨습니다
남을 신뢰하는 법도,
남을 위로하는 법도,
남을 사랑하는 법도,
예수님의 십자가로
가르쳐 주셨습니다

주님은 내게 소망이셨습니다
지난 아픔들보다
내일을 얘기할 수 있는 넉넉함을
주셨고요
힘겹지만
나보다 더 어려운 이웃 위해
봉사할 수 있게 하셨습니다

주님은 내게
참 구주로 오셨기에
오늘도 기쁨이고
내일도 기쁨일 것입니다
당신은 믿은 소망 사랑이시니까요

작은 사랑 큰 기쁨

북한 어린이 돕기 성금을 내고 곰돌이 한 마리를 받았어
요 목에 십자가 목걸이를 한 나만큼이나 커다란 그 곰돌
이가 냉큼 차 옆자리로 뛰어올라 앉아서는 이렇게 속삭
이는 거예요

목사님이요 제게 축도하면서 지켜 드리라고 했거든요
마음 편안할 거예요 작은 돈 헌금했지만 기쁨은 아주 클
거예요

당신의 그늘

나도 모르게
눈가로 젖어드는 축축함에 하늘을 봅니다.

이 세상에 내가 기대야 할 당신의 어깨가 오늘따라
버거워 보입니다.

아픔을 뒤로 놓고 내 모습과 아이들 보면서
땀방울 훔치던 당신 모습이 가슴을
시리게도 합니다.

혼자 아파하고 혼자
맘에 담아 두지 마세요.
아프다 말하고 내게도 한 번쯤은 기대 주세요.
당신이 쉴 수 있는 따뜻함이 되고 싶답니다.

빈 들에 마른풀같이

상하고 지친 마음으로
주님 앞에 옵니다

병들고 아픈 마음으로
주님 앞에 옵니다

무겁고 힘겨워서
주님 앞에 옵니다

빈 들에 마른풀같이
갈급한 내 영혼을

주님의 땀방울로
촉촉하게 하옵소서

새 노래로 세상을 노래하게 하시고
단비로 내 영혼을 축이소서

가족 사랑

사랑을 일구는 가족으로
믿음을 싹 틔우는 가족으로
튼실한 울타리를 만든다

기쁨으로 하나 되고
아픔으로 반을 나누는
우리는 가족이다

세상은 하나의 끈으로 연결되어
있기에
하나님의 섭리 아래
우리를 있게 하셨나 보다

모든 것을 감사로 느끼게 하시고
서로의 미소에서
진정한 한 가족임을 알게 한다

내 마음의 고백

- 시편 139절

여호와여 주께서 나를 감찰하시고 아셨나이다

주께서 나의 앉고 일어섬을 아시며 멀리서도

나의 생각을 통촉하시오며

나의 길과 눕는 것을 감찰하시며 나의 모든 행위를

익히 아시오니

여호와여 내 혀의 말을 알지 못하시는 것이

하나도 없으시니이다

내가 주의 신을 떠나 어디로 가며 주의 앞에서

어디로 피하리이까?

내가 하늘에 올라갈지라도 거기 계시며

음부에 내 자리를 펼지라도 거기 계시니이다

내가 새벽 날개를 치며 바다 끝에 가서 거할지라도

곧 거기서도 주의 손이 나를 붙드시리로다

하나님이여 나를 살피사 내 마음을 아시며

나를 시험하사 내 뜻을 아옵소서

내게 무슨 악한 행위가 있나 보시고

나를 영원한 길로 인도하소서

당신

당신의
일하는 모습이
내게 힘을 줍니다.

당신의 땀 냄새는
우리의 거름이 되고

당신의 땀방울은
우리의 열매가 됩니다.

당신의 그늘 속에
평안히 쉴 수 있어서
행복합니다.

그리움이 쌓이면

마음이 아파한다
쓰리도록 후벼 파헤쳐지는 그리움이
부르르 떨며 내게 다가온다

눈가에 보여지는 환영을 따라
한없이 헤매는 나는
정녕 그리움을 먹고 사는 걸까

쌓여진 그리움 조각들을
조그만 상자에 담아
강물에 둥둥 띄워 보내고픈
나는
그대를 또 눈물 날 만큼 그리워한다

당신이 살아야 하는 이유

우리에겐 당신이 필요합니다
가족이 소중하고 귀한 건 당신이
함께하기에 이루어질 수 있다는 걸 아시는지요

눈물이 날 만큼 답답할 때도
당신의 그늘이 있기에
견딜 수 있는 것을 아시는지요

당신의 우리에게
하늘만큼 소중한 분임을 기억해 주세요
비록
아픈 모습일지라도 그 모습 그대로
우리와 함께일 수 있다면
그것에 감사하겠습니다

당신을 바라보는 사랑하는 사람들의 바람이

기쁨의 원천이 되기를 소망합니다

우리는 당신을 사랑합니다

당신은 내게

소중함으로
느껴진 사람

가슴으로 보듬어 줄
정이 그리운 사람

긴 세월
허공 속에 맴돌다
이젠
모든 짐 벗는 날

진한 사랑으로 다가온
꿈결 같은 사람

당신은 내게
전부입니다
검은 머리 파뿌리 될 때까지…

하늘을 찾아 떠난다

구름 속에 숨었나
젖가슴 드러낸 산등성이에 숨었나

아릿한 기억 돌이켜
숨어 버린 옛날 찾아 떠난다

긴 아픔으로만이 아닌
푸념 섞인 행복만으로 널 대하고 나면
어느 사이
떠나 있다
하늘을 찾아 긴 여로에 지친다

나의 힘이 되신 주

- 시편 46편

하나님은 우리의 피난처시오 힘이시니

환난 중에 만날 큰 도움이시고

그러므로 땅이 변하든지 산이 흔들려 바다 가운데

빠지든지 바닷물이 흉용하고 뛰놀든지

그것이 넘침으로 산이 두려워할지라도 우리는

두려와 아니하리로다

한 사내가 있어 나뉘어 흘러

지극히 높으신 자의 장막의 성소를

기쁘게 하도다

하나님이 그 성중에 거하시매 성이 요동치 아니한 것이다

새벽에 하나님이 도우시리로다

저가 땅끝까지 전쟁을 쉬게 하심이여

활을 꺾고 창을 끊으며 수레를 불사르시는도다

너희는 가만히 있어 내가 하나님의 됨을 알리어도

내가 열방과 세계 중에서 높임을 받으리라 하시도다

만군의 여호와께서 우리와 함께하시니

야곱의 하나님을 우리의 피난처시로다

어느 젊은이의 사랑 이야기

청년은 한 여인을 사랑했답니다

그 여인은 뜬금없이 기다리란 말을 남긴 채

어디론가 가 버렸답니다

청년은 마음이 너무나 공허로워 안경 너머로

긴 고민을 했지요

너무나 안타까워 생맥주잔 기울이며

위로를 했지만 어느 만큼의 안위가 되었을지…

그 청년은 우리들 곁을 떠났습니다

그러던 어느 날

"누님, 국수 드시러 꼭 오셔야 해요"

걸죽한 음성이 들렸습니다

다시 만난 그 여인과 내년 봄에

한 짝을 이룬다는 반가운 기별이었지요

잘했군요 정말 잘했군요

기쁨으로 얼굴이 환해지는 하루

그들의 사랑은 긴 사랑의

타래로 길게 길게 이어질 것입니다

사랑으로 아름답게 말입니다

당신께 고백합니다

세상을 살면서

당신을 외면할 때가 많았지요

세상을 살면서

화려한 유혹에 빠질 때가 많았지요

세상을 살면서

내 자신을 잃어버릴 때가 많았지요

세상을 살면서

세상 것을 우상으로 생각할 때가 많았지요

베드로처럼

당신을 배신하였던 적도 있었답니다

곧

깨달음이 있었기에 감사했지요

이제는

기쁜 찬양으로 당신께 영광을 돌립니다

기쁜 마음으로 봉사하렵니다

진정한 기도로 내 이웃을 사랑하렵니다

당신의 참사랑을 세상에 전하고 싶어서지요

세상의 빛과 소금이 되렵니다

살아 계신 주

세상 영광
주께 돌리고
나 주님 사랑합니다
고백합니다

살아 계심을 믿으며
한 치 앞도 못 보고 사는
우리를,
부끄럽고,
미련하고,
둔하여,
깨닫지 못하고
느끼지 못함이 부끄럽습니다

오직
나의 참된 소망
주 위해 바치게 하소서

사랑하는 그대 마음에

온 대지 그늘 속이라도
온 하늘 천지 속이라도
널 찾으마
그대 마음에 내 부풀려진
사랑이
길게
드리워 있거늘
나 그대의 어디에서도
볼 수 있고
들을 수 있는
사랑을 느끼며 사노라

내가 사랑하고 싶은 여자

맑은 눈이 있어서
깊은 마음이 있어서…

난 그 여잘 사랑한다

내 마음으로 끌어안고 싶은
내 진심으로 마음을 전하고 싶은
그 여자

정말 사랑해도 될
그런 여자

진정하고 사랑하고 싶은 여자

고백

주님!

주님을 사랑하기보단

세상의 화려함을 더 사랑했고

주님의 십자가를 바라보기보단

세상의 명예를 바라보면서

때때로

어둔 죄악과 타협하면서 살아온 날들이

그 얼마나 많았던지요?

지나온 날들을 토해 내며 회개합니다

당신 앞에 부끄러운 모습을

고백합니다

주여!

내 모든 허물을 기억하시고

당신의 이름으로 용서함받기를

소원합니다

주님이 내게 가르쳐 주신 것은!

주님은 내게 힘이셨습니다.

연약해질 때마다

강한 말씀으로 깨우치게 하셨고

바로 서게 하셨습니다…

주님은 내게 사랑이셨습니다.

남을 신뢰하는 법도,

남을 위로하는 법도,

남을 사랑하는 법도,

예수님의 십자가로 보여 주셨습니다.

주님은 내게 소망이셨습니다.

지난 아픔들보다

내일을 얘기할 수 있는

넉넉함을 주셨고요,

힘겹지만

나보다 더 어려운 이웃 위해

봉사할 수 있게 하셨습니다.

주님은 내게 그 모든 것을 가르쳐 주셨습니다…

감사의 조건

이 작은 몸이
이 세상에 태어남으로
감사하게 했습니다.

점점 자라 이때까지
지내 옴을 감사하게 했습니다.

내 가진 것 모두가 소중하듯이
내게 벌어지는 일들 모두가
감사의 조건이었습니다.

하나님이 날 얼마나 사랑하시는지
순간순간 깨닫습니다.

가슴이 저리도록

이 몸도

당신을 사랑합니다.

내게 베푸신 모든 것

감사하기 때문이지요…

욥에게 주신 축복

세상 헛된 것에
마음 옮기우지 않게 하시고

염려와 근심과 욕심을
버리게 하신 하나님

어려운 고난 날에
인내를 낳게 하시고
화가 앞설 적에
긍정을 낳게 하신 하나님

고통 중에 토해지는
욥의 감사로
축복의 열매를 맺게 하시고

환란 날에 쓰러지지 않는
인내를 통해
감사의 조건을 찾게 하신 하나님

주신 것도 하나님

가져가시는 것도 하나님인 것을

고백하는 욥의 삶에

기쁨이 넘칩니다

갑절의 축복으로

큰 기쁨을 낳게 하시고

비웠던 마음을

승리의 꼴로 채워 주셨던 것을

감사함으로

부족했던 내 모습을

당신 앞에 고백합니다

당신을 사랑합니다

나의 하나님

3부

하나 더하기
하나는 하나

하나 더하기 하나는 하나

태초에 하나로 생겨

외로움 타기에

갈비뼈 취해 짝 하나 만들고

그 후로

긴 역사는 이루어졌다

둘이 아닌

온전한 하나 되겠기에

세상에 흩어져도 다시 만나짐을

참진리로 알리라!

그도 그러기에

하나는 아니고

둘이 모여 하나여라.

실과 바늘

늘
함께이길 원했고
긴 어둠
함께 밝히길 원했다
갈기갈기 찢은 영혼
꿰매고 또 꿰매어
헝클어진 채로
질그릇에 옮기운다

모나지 않게
사랑도 이만큼서
풍선처럼 부풀어
날개 달아 천사처럼
곱게 곱게 꿰매라 하고
싶었다

작은아버님

별일 없었냐
비 많이 안 왔어

아구메
쥐구멍이라도 있으면 들어가겠다
별일 없으시죠
제 먼저 전화드려야 하는데

염치없는 장손 며느리
하릴없는 죄인

자주 전화 드릴게요
맘뿐 왜 그리 안 되는지…

옛사람

가벼운 악수로
반갑게 웃어 주시던

벌써 왜 그 길로 가셨나요
아직은
우리에게 남겨진 얘기가
무수히 많은데…

그 사이 옛사람이 되셨습니다
당신 앞에 국화 한 송이 놓으면서

눈물방울 또르르 구릅니다

엄마 묘소 앞에서

엄마 엄마 엄마
마음껏 불러 보고 싶었어요
뼈가 저리도록 보고 싶은 우리 엄마
눈물을 아무리 뿌려도
내게 와 주지 않는 엄마

와락 엄마 묘소에 엎드려
소리 내어 웁니다
내 이리 당신이 그리운데
뭐이 그리 바쁘시기에 가셨나요

엄마 얼굴이 만져 보고 싶어요
엄마 등도 두드려 드리고 싶어요
엄마와 나란히 누워
세상 사는 이야기 나누고 싶어요

딸내미 보고 싶지 않으세요?

어느 친구의 일기

오래전에 사랑을 했더랍니다
아직도 사랑의 열정이 남아 있다고
울었다지요
30대는 30대대로
40대는 40대대로의 열정이
있다고 했답니다

짧은 시간이 왔지만
긴 사랑을 했더랍니다

지금은 긴 이별을 하고 있다지요
만남의 기약이 없는
영원한 이별 여행에 들어갔답니다

술자리

한 잔
또 한 잔…
오가는 술잔의 부딪침에
정이 묻어간다

털어 넣는 술 한 모금
사랑으로 꿀꺽
또 한 잔 사랑술...

자꾸 주면 화딱지 난다며
마음은 벌써 술잔에 기운다
그래서 또 한 잔

기분 좋은 자리
너스레 판치는 자리
초침이 바쁜 자리다

우리는

작은 기쁨에 큰 감사를 할 줄 알아야 하고
작은 소망에 커다란 희망을 노래해야 합니다

작은 얘기에 시원스레 웃을 수 있어야 하고
그가 오른손 내밀 때 힘 있게 잡아 줄 수 있어야 합니다

그가 잔잔한 미소를 보낼 때 하얀 이 드러내며 함께 웃
어 주고
믿음으로 나를 원할 때 가까이 다가서 주는 넉넉함이
우리를 하나로 만듭니다

그리움 1

어느 아침이었습니다
뿌연 유리창에 그림을 그립니다

긴 아픔으로 웅어리진 슬픔이
빗물처럼 흘러내리던 날

후두둑 우산 위로 빗방울마저
떨어지고 있었습니다

하던 일손 접어 두고
창문 너머 시선 주니 어느새 빗물은
애기 손만큼 큰 눈덩이로 변해 있었습니다

난무하는 눈 속에 나를 섞으려 했지만
아픔은 녹아내리지 않았습니다

눈으로도 볼 수 없는 모습…

마음으로만 생각할 수 있는 모습…

가슴이 시리도록 그리워도

눈물방울밖에 될 수 없는 모습이어야 하기에

십자수 색깔마다 그 이름 새겨 봅니다

그리움 2

어제도 그렇듯이
오늘도 한 줄 마음에 적어 갑니다

진심 어린 마음으로
다가서 버린 그림자가

이제는 빛바랜 마른 꽃처럼
향기를 잃어 갑니다

한 줌의 옛말로 지우기에는
너무나 고운 시간들이었기에
이렇듯 마음이 허공을 가르나 봅니다

늘 그랬듯이
한 줄기 그리움을 쏘아올리고 마는
그렇게
긴 시간을 채워 가고 있습니다

그리운 사람들

무심코 하늘을 본다
희뿌옇게 그려지는 모습 모습들…

술잔 부딪치며 수다 떨던 동지들
그리움으로 눈가에 이슬이 맺힌다

아픔이 지나고
그리움이 벗겨지고
긴 시간은 그렇게 머물러 간다

긴 날들 속에 나를 잠재우고
깨어나는 새 아침을 노래하고 싶다
세상이 짝하여진 내 작은 모습이
그대들의 숨결 속에 잊혀져 가고
있는가

묻어나는 그리움은 봇물처럼
가슴에 솟는다

사람 사람 사람들

오가는 발걸음 속에
번져 가는 희비

슬그머니 옷깃이 스쳐도
인연이라 그랬나

너와 내가 만나는 건
사람과 사람이기 때문이고

너와 내가 스치는 건
전생에 알고 지낸
인연이 아닐는지

운명인가

사람 사람 속에 묻혀지는

긴 행렬이

오늘도 거리에 흐트러진다

긴 꼬리를 만들며…

부부

오래전부터 점찍어진 갈비뼈
만남이 행복이다

기쁨이 배가되고
슬픔은 나뉘고

당신은 내 삶 한쪽에서 숨 쉰다

둔탁한 미움도 사랑으로 보듬고
모자란 마음도 아량으로 덮어 간다

둘이 하나 되어 갈라지는 그날까지
당신은 내 그늘이 되고 있다

남편 그늘

짙은 땀 냄새가 나는
농군의 모습으로

오늘도 당신은 내 그늘이 됩니다
힘들고 지칠 때마다 크나큰
힘이 되어 준 당신

당신은
늘
내 등 뒤에서 지켜 주곤 했습니다

몸과 맘이 지쳐 쓰러질 때도
당신은 내 옆에 있었지요

늘 내 신음에 귀 기울여 준 당신
감사한 당신
사랑하는 당신

혼자 사는 여자

어쩐지 쓸쓸해 보이는 여자
그 여자는 늘 그늘을 드리우고 있다.

무언지 잃어버린 듯
멍한 눈망울이 될 때도 있다.

가엾은 날갯짓에 파르르 떠는
두려움을 담아 세찬바람에 찢기워질 때도 있다.

누구도 대신할 수 없는
안타까움에
마음으로 쓸어안을 수밖에 없는
안쓰러움이 나를 슬프게 한다.

혼자이기에 늘 외로움에

까만 밤을 허덕이며 지새운다.

잃어버린 갈비뼈를 찾아

긴 방황의 늪에서

헤매이다 지친다.

허기진 그리움이 그 여자를 목마르게 한다.

어머님의 꿈속 이야기

아주 긴 여행길이었단다
곱디고운 갖가지 꽃
구름이 고왔단다

먼빛 속에 아버지 보였고
맑은 물소리에
매일을 살았단다

삼백 예순 닷새 날이
눈떠 보니 다 지나고

해거름에 갈 길
멀기만 하더라

가족

끈끈한 사랑으로
보듬어지는 애틋함으로
아끼고 지켜 보아줄 수 있는
당신과 나와 아이들…
기쁨으로 하나 되는
소망으로 꿈을 키우는
우리는 가족입니다

토끼가 새끼 낳는 법

작은 휴게실 안이
한바탕 웃음바다가 된다

토끼 같은 영이가 하는 말
'토끼는 새끼를 켁 하고 입으로 낳는대'
또 한마디
'어릴 때 울 엄마가 알려 줬어 아직 난 그렇게 아는데'

구르다 못해 눈물을 흘려 가며 웃는 여자들

'그러면 그런 게지 영이야'
그렇게 그냥 어릴 적 마음으로 믿고 살렴
어릴 적 그 모습 그대로 예쁘게…

사랑의 시작

우리 어머닌 그저
날 바라만 보아도 사랑스러웠겠지요

스쳐지는 작은 말 한마디에도
어머닌 감동했고 기뻐했지요

어머니와 나의 인연은
하나님이 내려 준
크나큰 축복의 선물이라고 감사했지요

어머니는 나를 위한 길이라면 어디든
믿고 이끌어 주셨지요

그런 어머니를 생각하면
눈이 시리도록 그리울 뿐입니다
어머니는 날 사랑으로 낳으셨고
사랑하며 안녕을 했습니다

숨결마저 고운 아이

새록새록
자는 모습이 너무 고운
아이 이 아이

사랑하는 가슴으로
쓸어안는 숨결

설레임이 머무는 그 자리
웃는 듯 만 듯 머물렀던 입가에
바삭거리는 이쁨이 넘친다

깰까 말까
속눈썹 까딱거리며
고운 잠 자는
아이 이 아이

자는 숨결이 너무 곱다

그이가 입원할 때

내겐 너무나 먼 얘기인 줄 알았던 일들이

찾아왔을 때

감당할 수 없을 만큼 지쳐지고 버거웠지만

내 몸을 추스르기 전에 그이를 지켜야 했습니다…

낯설었던 119구급차에 그이를 태우고

알 수 없는 긴장 속에 나를 던질 수밖에

없었습니다…

말로만 듣던 중환자실에 그이를 들여놓고

병실 문 앞 의자 위에 쪼그리고 앉아 있던 내 모습이

어설퍼 보였고…

이건 내 몫이 아니라고

도리질하고 싶었습니다…

하지만 분명히 그건 내 몫이었습니다

내가 감당해야 할 내 몫…

중환자 보호자 대기실

삐르륵 삐르륵…
인터폰 소리에 눈망울들이 하나로 모아진다.
호명되어지는 이름 앞에
신도 제대로 못 신고 달려 나가는 모습이
모두를 잠깨운다…

또 무슨 일일까…?
한마음으로 작은 대화가 이어지고
한켠에선 가느다란 흐느낌이 지하 대기실을
가르고 지나간다.
긴 시간이 지나고 나면 이불보따리 싸는 모습이
눈에 띈다.
때론 어두운 모습으로, 때론 병실로 옮겨져 기쁜 모습으로
우리에게 다가온다…

이곳엔 하나님도 부처님도 천주님도 하나다.

그저…

바라고 소망하며 기다리는 것뿐…

그이를 퇴원시킬 때

하루가 다르게 좋아지는 그이를
어려움에서 기쁨으로 맞이했고

이제 정말 소망 있는 모습으로
병실을 나옵니다.
걷지도 못하고 실려 들어갔던
그이가
이제는 두 발로 씩씩하게 걸어 나옵니다…

가슴이 저리도록 기쁨이
넘쳤습니다…

긴 시간 아픔들이 지나가고
이제 우리가 사는 작은 공간으로
오고 있습니다…

감사하고 또 감사합니다…

끈끈한 정

살그머니 등을 다독여 주는 손길이
마음을 따뜻하게 한다.

어깨 너머로 흘려보내 주는 미소가
마음을 넉넉하게 한다.

피곤한데 수고해 말 한마디가
하루를 소망스럽게 한다.

누구도 아닌 당신이기에
내겐 소중했고 의지할 수 있다.

때때로 미움이 화살처럼 마음에 꽂혀도
잠깐의 초침처럼 사그러든다.

그 모든 게 부부의 정이려나…

엄니, 우리 엄니

오늘은 일찍 왔다고
토방에 앉아 있던 엄니가
반가와 하신다.

'왜요, 일찍 와서 좋아요?'
'그려, 좋아서 그려~'

모처럼 일찍 퇴근한 내게
우리 엄니는 주름진 얼굴로
웃어 주신다.

잘해 드리는 것 없어도
함께 있는 걸 너무도 좋아하시는데
늘 같이하는 시간이 많지 않아
죄송스럽다…

우리 엄니 건강하게

오래오래 사셨으면 좋겠다…

엄니 우리 엄니…

대답 없는 여인

한마디 말도 없이
그렇게
그렇게
가고 말았다

잔인한 아쉬움을 남긴 채
싸늘한 모습으로
그렇게 누워 있다

웃음소리가 너무 크다며
늘
시원스레 웃어 주던 여인

그 여인은
이제 말이 없다
조용한 모습으로

우리 곁에 잠시 머물다

가 버린

그리움을 남긴 채

떠난 여인

여인아…

당신의 아픔

당신에게 난
아무것도 대신할 수 없네요
아파하는 그것도
내 것으로 못하고요
가슴속 슬픔도 가질 수가 없네요

긴 시간들이 당신에게 머무는 동안
난 그저
그림자처럼
당신 옆에 있을게요

내가 바랄 수 있는
유일한 소망은
아무 의미 없어도
늘 바라볼 수 있는
버팀목이 되어 주세요

당신의 아픔을

쓸어안으며 함께할게요

당신이기에…

친구 1

당신은 어느새
내 친구가 되어 버렸습니다
수다 떨고 푼수 떨고
그렇게 우린
친구가 되어 버렸습니다

그러다
당신은 말이 없어집니다
힘든 삶이 친구를 휘두르나 봅니다

파이팅!
늘 전하지만 슬퍼합니다
당신에게 웃음을 선물하고 싶습니다

친구이기에
함께 웃고 싶어서지요

당신은

사랑하는 내 친구지요

친구 2

뒷동산에 올랐던 얘기가 있다
클로버 꽃으로 반지 끼워 주던 추억이 있다

부끄러워 좋아한단 말도 못하고
몰래 훔쳐보던 수줍음도 있다

오랫동안 그리던 그 모습이
세월을 그립게 한다

친구란 이름으로 하나가 되고
추억이란 끈으로 우정을 만든다

시어머니

정들라고
정 붙이라고
마음을 쓸어내리네
호된 말이 아니어도
고까움만 움터 버리는
너무 먼 당신

그래도 당신은 거기에 머물고
내 안에도 둥지 틀어 자리하네
그리 늘 계셔 주시는 당신은
알 수 없는 힘이 되어
나를 세워 주시네

손자 재롱잔치

어설픈 동작이 배꼽을 쥐게 한다
슬쩍슬쩍 곁눈질로
자기 모양 매만지며
자기도 우습단다

네 살배기 손자가
꼭두각시를 한댄다

꼬마 신랑 꼬마 색시
살랑살랑 춤을 춘다

이쁘고 또 이쁘다
웃고 또 웃는다

우리

모두가 하나인 우리다
밥상에 둘러앉은 우리는 하나이고
희망을 노래하는 우리도 하나이다

우리는
꿈이 하나이고 싶고
사랑함도 우리 안에 거하여지길 소망한다

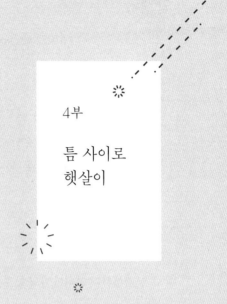

4부

틈 사이로
햇살이

안개꽃

작은 몸짓이 좋다
망울망울 맺힌 하이얀 송이송이들.
솔잎 위에 올라앉은 눈송이같이
여리게 핀 작은 꽃.

그렇구나.
언제부턴지 하이얌이 좋았고
언제부턴지 가녀림이 좋았다.
한가운데
빨간 카네이션 한 송이
어우러져 향기 살린다.

그윽한 폼이 그 자태를 뽐내고
맑은 캡이 더 잘 어울린다.
알록달록 레이스 받침
가느다란 손놀림이 하이얀
안개꽃 방울방울
온누리 수놓는다.

밤이슬

보일 듯
말 듯
가벼이 내려지는 하얀 물방울이
머리카락 끝에 매달린다
아롱이다롱이
참 곱다
멀리 보이던 가로등 불빛이 보이지 않고
뽀얀 연기처럼 온대지를 덮는 작은 물방울들.

아름다움이
귀함이
온 우주를 덮는 이 밤이슬 속에 숨쉬고,
풀잎 끝 대롱대롱 매달려
한들한들 춤춘다.
참 곱다
뽀얗게 버려지는 눈발 같은 밤이슬이
참 곱다.

새벽길

아무도 탐하지 않은 듯한
안개가 얇게 깔린
새벽길을 달려 본다

희뿌연 눈빛으로
꺼지지 않은 가로등을 보며
뵈지 않는 하늘을 본다

검푸른 늠실거림이 일렁이고
촉촉한 아스팔트 위에
긴 자욱만이 뒤로한다.

밤길

칠흑 같은 어두움이 좋아서
쫓았다
뿌연 안개가
뭉실뭉실 뭉쳐 다니고
싸- 아 하게 달아오르는
밤바람의 키스

어디에선가
등을 두드릴 것 같아
흘깃 뒤돌아보니
기다란 어두움뿐

무작정 허옇게 연결되어진
아스팔트를 걷는다
벌써 이쯤이 평화인 줄
알았다오
그 누가 알았으리

풍경 소리

고요를 깨트리며
낭랑하게 울리는 풍경 소리
울림이 좋아
쏘아 올리는 눈빛이
화살 되어 날아감은

이제
너와 내가 만드는
밤의 역사 속에
한 소리로 다가온다

한들거리는 모양이
어항 속 노니는 붕어처럼
몸매가 매끄럽다

행복한 순간

거울 앞에서
미소를 지어 본다
토닥거리며
분칠을 하고 나면
나를 잃어버린다

전혀 다른 모양으로
거울 앞에 서면
짜릿한 전율로 내 몸은
작은 행복을 만든다

이 행복은
화장할 때만 느끼는
자유의 색깔이다

풍선껌 에어백

눈망울 굴리다가
돌연 키득이며 웃고 만다

티코엔 풍선껌 에어백이
적격이라며?
배꼽이 도망가는 줄 모르고
웃고 또 웃고…

아니
티코를 어찌 보고 그런 망언을
재산 목록 1호인 내 예쁜 티코

그래
그럴지도 모르지
쬐그마니까

내 아이들

하얀 미소가 좋다
맑은 마음이 좋다
내 아이여서가 아닌,
그들에겐
참고움이 있기에
좋다

빛바랜 책상과
하늘을 번갈아 보며

열심인 그 아이들 앞에
나는
작은 그늘이 된다
더 많은 사랑을
준비해야지

산동네

산이 젖는다
들이 물든다
푸르고 따뜻한 숨결이
하늘을 감싼다

손이 젖는다
옷이 물든다
알싸한 냉이 향기로
산동네, 저녁연기에 잠긴다

노을이 핏빛인 것은
아쉬움 때문인가

절레절레 머리 젓고
돌아앉는 산동네

틈 사이로 햇살이

빼꼼한 하늘 한 자락이
나뭇잎 사이로 쏟아진다

그 작은
하늘은 더 눈부셔

작은 것은 다 작은 것이 아니야

좁아도 좁지 않은
높아도 높지 않은

내 눈으로 볼 수 있는
세상이면 돼

틈 사이로 쏟아지는 햇살에도
나는 따뜻해

장터

시끌벅적
사람 사는 냄새가 나.

이 모양
저 모양으로
눈길
손길을 기다리지.

만남도
그리고 헤어짐도 있어
아주, 잠시
서로의 가슴 속을 넘나드는
전혀 타인과의
거래가 있어.

짐짓, 외면하고 돌아서다가도

뒤통수가 가려운

시끌벅적

사람들의

냄새.

아침 이슬

풀잎 끝에 매달린

물방울,

가만히 가슴 끌어다

담아 놓고

투명해지는

아침

파도

흔들림마다
파닥거림마다

숨소리가 들려

요동치고
으르렁거리며 달려들 때마다

심장 뛰는 힘찬 소리가 들려

등대

눈여겨 주지 않아도
말 건네주지 않아도

침묵으로
그대 그 자리에 있어요

봄바람이
부드러운 숨결로 속살거릴 때에도
파도가 발밑을 사납게 할퀼 때에도

묵묵히
그대 그렇게 있어요

외로움과 그리움으로
지친 가슴들 속에

그대 그렇게 있어요

새벽 공기

가벼이 부딪혀지는
새벽바람이
참으로 부드럽다

메어지는 차가움 없이
상큼한 바람이
볼을 어루만진다

이것인가 보다
나도 너도 느낄 수 있는
기분 좋은 공기

가을 풍경화 1

오늘따라
들녘이 넓어 보인다

오늘따라
산들이 고와 보인다

대지 위에 숨쉬는
고운 들꽃들도
오늘 따라 청아해 보인다

가을 풍경화 2

갈대숲이 좋아서
갈대숲을 찾았지요

한 움큼 손에 모아
얼굴을 간지럽힙니다

솜털처럼 보드라운
가을이 여기 있습니다

24시간

고요한 0시부터
조금은 시끄러운 24시까지

뭘 했나!

미등 켜고 안개 속 출근해서
석양 노을이 붉게 물들임을
보며
내 자리로 오고…

이렇게 하루는 간다.

농군의 아들

검게 그을린 모습으로
들판을 감싸 안는다
더 많은 욕심보다 거짓 없이 토해 내는
대지의 진실을 사랑하는 사람

작은 씨앗으로
풍요함을 노래하고
소리 없이 세월 속에 인정을 낚는다
이제는
한둘…
묻어져 가는 농군의 아들들…

먼 후일에
남겨지는 커다란 재산으로
옥토를 다듬어 간다

비 개인 오후엔

어느샌가 하늘이 뽀얗게 분칠을 한다
풀잎 끝에 맺힌 영롱한 물방울이
또르르 흘러내리는 모양이 어여쁘다

이젠 다 오신 모양이다
사뭇 부산한 마음을 추스르고
밖으로 밖으로 나가 본다

옴팡 파진 웅덩이에
차바퀴는 사정없이 내닫고
맑디맑은 공기에 얼굴을 부벼 본다

도비도를 만난 날

설레임으로 잠을 설쳤다
콩닥거리는 가슴을 다독이며
산골 아낙은 긴 아스팔트를 시원스레
내달린다

아!!!
바람이여 바다여 파도여…
말로 접어질 수 없는 태고의 신비가
여기 있다

바람이 몰아온 섬이랬나…

도비도의 상큼한 바람 한 줌
가슴속에 꼭꼭 숨겨 왔다

눈 감아도 보이는 섬 섬 섬
엎드려 조개 잡는 황금 같은 갯벌

그들의 하루

우리는 늘
빼곡한 공간 속에서
목마름을 호소한다

타들어 가는 갈증으로
혀끝은 말라 가고
갈라지는 궁핍함에
허리춤을 조여 본다

안타까움으로 일그러진 마음들이
상하고 찢기고 애태워한다

노숙하는 아픔에 땅거미도 지친다

우렁이 각시

새벽 단잠에 취해 있는 시간에
전화벨이 나를 깨운다
'그릇 가지고 빨리 포강(물을 가두는 곳)으로 와'

떠지지 않는 눈을 비비며 가 보니
꾸물거리는 깜장 우렁이 떼…

화들짝 떠진 눈에 꿈틀대는 우렁이와 만났다
너는 내 꺼야 너도 내 꺼야…

언제 잠이 깼는지 내 손은 바쁜 포클레인이 된다
어느새 양동이는 가득 채워져 간다
우렁 우렁 우렁아

머릿속 회전이 빨라진다
우렁이 초무침, 된장찌개…
며칠은 신나게 우렁이 각시가 될 거다

하얀 천사

흰 가운 속에
저들의 고운 마음이 묻어 나온다

가냘픈 듯 보이지만
진정한 사명감으로
모든 이에게 평안을 전한다

안식을 선물하고
줄 수 있는 소망을 키우는
저들에게서
귀한 희망을 배운다

강천산 모랫길

굽이굽이 산을 돌아
강천산이다

신을 벗어 배낭을 메고
맨발로 땅을 딛는다
긴 모랫길…

발바닥에 닿아지는 짜릿한 느낌
간지러운 발놀림으로 어느만큼 갔을까

땀방울을 놀래키는 시원한 폭포 소리
울퉁불퉁 돌 틈새로 흘러드는 물줄기

발 적시고 짜릿하게 목을 축인다
아,
반해 버린 모랫길을 터벅터벅 걷고 또 걷는다

산에 오르는 이유

이유가 있나?

나무가 좋고, 공기가 좋고,
내 몸이 즐기나.

산사람이 되고파서 산에 오르면
어느 사이
세상을 잃어버린다.

정상에 올라보면 보여지는 세상.
저 아래 세상에서 빠져 버린 나를

잠깐이지만 지키고 싶다.
이 산에서.
저 산에서.

산이 좋아서.

산을 사랑해서 말이다.

봄은 내게도 온다

봉긋하게 올라온
새싹을 보았다

터질 듯 말 듯
기다림에 목마른 나를 애타게 한다

그래도 봄은 온다
꽃샘추위가 가슴을 여미게 해도
이만큼 봄을 내게 오고 있다

움츠렸던 가슴은
어느새 녹아 버렸다

내게도 그렇게
봄은 온다

자유

아침에 눈을 뜨면
햇살이 미소진다

이렇듯
평안함 속에
가둘 것 없는 틀 속에서
아침을 맞는다

늘
그랬듯이
화장대 앞에 앉아 본다
보시시한 모습으로
자유를 더듬는다

난 이제
자유함을 얻었나니
행복한 것을
자유한 것을…

들꽃

어디에나
아무렇게나
심어져 버린 너는
들꽃이라나

그렇게
쉽게 피어 버린 모습이
참으로 신비롭구나

스쳐 가는 발걸음에
살포시 웃는 너는
백합보다
장미보다
맵시 있는 아낙 같구나

그렇게 피려무나

그렇게 지려무나

네 모습 그대로

보여 주고 가려무나…

집짓기 밥 짓기

오래 묵은 집을 헐어 냈다
대여섯 명의 인부들 밥을 준비한다

아침부터 저녁까지
내 수고로 저들의 집짓기를 돕는다

땀으로 얼룩진 모습들이
한 끼 만찬에 기뻐함을 보며
내 수고로움을 스스로 대견해한다

집짓기가 끝나면
내 밥 짓기도 끝날 것이다
지치고 버거울 때마다
완성의 기쁨을 느껴 본다

모든 역사가 끝나면
아련한 추억으로 기억되리라

산에 오르기

오늘은 제비봉이다
배낭에 점심밥 챙겨 넣고
룰루랄라
산에 오른다

나무 숨결 맡으며
하늘을 감싸 안는다

오르고 오르고
땀방울 훔치며
어느 사이 정상이다

눈앞에 펼쳐진 웅장함에
말을 잊는다

이 때문에 오르는가
이 때문인가

강천산 가다

얼마를 갔나
꼬불꼬불 올라가고 내려가고
숨 줄기가 트일 때쯤 계곡의 물소리가
나를 맞는다

허우적대는 지친 몸 자락으로
강천산을 쓸어안는다
신발 벗어 등에 메고
사각거리는 모래를 씹는다

아
알 수 없는 간지러움이 온몸에 퍼진다
이거구나
가며가며 쏟아지는 기인 물줄기
등줄기를 송송 두드린다

헉헉대는 숨소리 담아 가며

팔각정에 오르니

첨 만난 얼굴로 물 한 모금 나눈다

오는 길을 가까운 듯

내 고향에 와 있다

농심

막걸리 한 잔에 어우러지는 농심

지친 어깨가 들먹거리며 한바탕 웃음으로 버무려진다

너 한 잔 나 한 잔 오가는 술잔에

아직은 진한 정이 넘친다

사람 사는 냄새가 풋풋하게 전해질 즈음에

산골에 해는 저물어 간다